カバテツのことわざ研究

ことわざは旅の道づれ

山下明生・作
小山友子・絵

もくじ

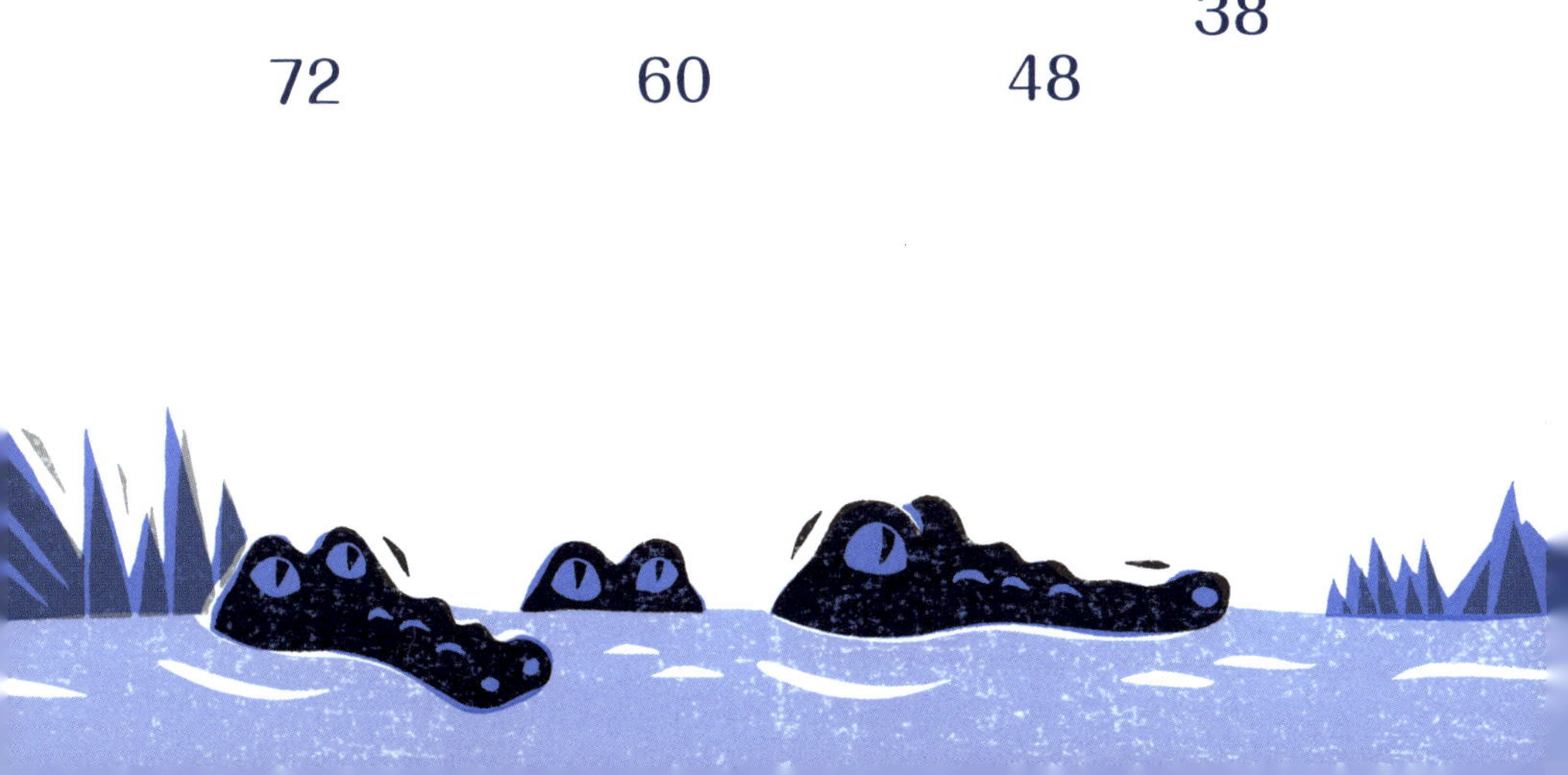

1

カバいい子には旅をさせよ

ところできみ、知ってた？

カバは、目と鼻と耳が、横一列に並《なら》んでいるってこと。その目と鼻と耳を、水からぎりぎりに出して、カバはいつも、外のようすをうかがっています。外見《がいけん》とちがって、カバはとても用心深いのです。

食べることと寝《ね》ることだけが仕事のように見えるけど、カバはあの大きな頭で、真剣《しんけん》に考えています。正しいカバの生き方を。

こうして、カバの生活についてじっくり考えるのを、カバたちは「テツガクする」と、いっています。

カバのテツガクからは、りっぱなカバのことわざが、たくさん生まれています。

カバテツという、男の子がいます。いっしょうけんめいテツガクする子なので、そう呼《よ》ばれているのです。

ある日、カバテツのお母さんはいいました。

「いいかね、カバテツ。おまえももう大きくなったんだから、外の世界に出て、しっかりテツガクしておいで」

「外の世界でテツガクすれば、もうカバヨちゃんに、ばかにされないかしら」

カバヨというのは、カバテツと同《おな》い年の女の子で、「あたしカバヨね。あんたバカよね」と、へんなふしでうたっては、カバテツをからかうのです。

「もちろん。**艱難汝《かんなんなんじ》を玉《たま》にす**、ということわざがあるでしょう。たくさん苦労《くろう》するほど、りっぱなカバになれるのよ」

「そうだね、お母さん。カバいい子には旅をさせよって、ことわざがあるもんね」

「そうそう。ニンゲンは、かわいい子には旅をさせよと、いってるらしいけど、ほんとは、カバのいい子にたくさん旅をさせれば、ますますいいカバになるってこと」

「わかった。旅に苦労《くろう》はつきものだからね。若《わか》いときの苦労《くろう》は買ってでもせよ、なんだ」

「それそれ。玉みがかざれば光なし、いや、カバみがかざれば光なし。今すぐ、行ってらっしゃい」

カバテツのお母さんは、自分でことわざをひねりだして、息子をはげましました。

カバテツのさいしょの旅は、むこうの丘《おか》にそびえるバオバブの木まで行き、自分のしるしをつけてくるのです。

「とちゅう、道にまよわないよう、目じるしのカケションを忘《わす》れるんじゃないよ」と、お母さん。

「わかったよ、お母さん」

「むこうについたら、バオバブの木に、きちんとマキフンをするんだよ」と、お母さん。

「わかったよ、お母さん」

「いいかい。お母さんのいいつけをまもって、しっかりテツガクするんだぞ」と、こんどはお父さん。

「わかったよ、お父さん。親の意見と茄子《なす》の花は千に一つも無駄《むだ》はない、というからね」

こうしてカバテツは、住みなれた川をはなれ、アフリカのひろい草原に出ていきました。

アフリカには、おそろしい動物がいっぱいいます。

生まれ育った川をはなれれば、だれもたすけてはくれません。お父さんもお母さんも、けんか友だちのカバヨも、からだをきれいにしてくれるウシツツキもいないのです。まさに孤立無援《こりつむえん》です。

カバテツは、**まな板のコイ**の気持ちになって、草の道をあるいていきました。

え？　カケション、マキフンって、なにかって？

それはこれから、カバテツについていけば、だんだんわかってくるでしょう。

ことわざ案内・1

艱難汝《かんなんなんじ》を玉《たま》にす

困難《こんなん》や苦労《くろう》を乗りこえることによって、りっぱな人間に成長《せいちょう》するということ。

かわいい子には旅をさせよ

わが子がかわいいなら、親のそばにおいてあまやかさずに、世の中の辛《つら》さや苦しみを経験《けいけん》させるのが、その子のため。

若《わか》いときの苦労《くろう》は買ってでもせよ

若《わか》いときにする苦労《くろう》は、経験《けいけん》となって、かならず将来《しょうらい》に役立つものだから、求《もと》めてでもするほうがよい。

玉みがかざれば光なし

すぐれた才能《さいのう》をもっていても、努力《どりょく》して自分をみがかなければ、その才能《さいのう》をいかせない。なまけてはいけないよ。

親の意見と茄子《なす》の花は、千に一つも無駄《むだ》はない

茄子《なす》の花がさくと、すべて実をつけるように、親が子を思っていうことは、かならず役にたつ。だから、ちゃんと聞きましょう。

孤立無援《こりつむえん》

たよれる人がいなくて、ひとりぼっちという意味の四字熟語《よじじゅくご》。

まな板のコイ

まな板にのせられたコイは、自分の力ではどうすることもできず、覚悟《かくご》をきめて調理されるのを待っているしかない。相手にまかせるしかできないんだ。

2

カバもあるけば棒《ぼう》にあたる

生まれてはじめて旅に出た、カバの男の子カバテツは、はるか向こうのバオバブの丘《おか》をめざしました。

「いくら遠くても、一歩ずつあるいていけばいいんだ。**千里《せんり》の道も一歩《いっぽ》から、**というもんね」

ひろい草原には、いろんな動物の足あとがついています。

カバは、目はあまりよくないけれど、鼻はすばらしくきくのです。シマウマやキリンやライオンやハイエナや、たくさんの動物のにおいがします。

「そうだ、カケション、カケション！」

自分のおしっこのにおいなら、ぜったいにわかるでしょう。だから、帰り道をまちがえないよう、目じるしの木ににおいをつけるのです。

ていねいに、足もとを見つめながらすすんでいくと、すらりとのびた木にぶつかりました。

「いい目じるしだ。よし、ここでカケション！」

よろこんだカバテツが、おしっこをかけはじめたときです。目じるしの木が、ぱっとはねあがり、カバテツのおしりをけとばしました。まさにやぶから棒《ぼう》です。

すると、上のほうから聞こえてきたのは、おこったキリンの声でした。

「なんてばかなカバだろう。わたしの足を、おしっこの木と、まちがえるなんて」

「あ、ごめんなさい、キリンさん」

カバテツは、お尻《しり》をさすりさすり、あやまりました。

ところが、もっと高いところから、

「ひゃっひゃっひゃ！　カバもあるけば棒《ぼう》にあたるんだ。ほかでは、イヌもあるけば棒《ぼう》にあたるというけれど」

けたたましい笑《わら》い声とともに、カバテツの背中《せなか》に、小さな鳥がおりてきました。

「なんだ、おまえ。ウシツツキのウッキーじゃないか」

ウシツツキというのは、ウシとかカバとかサイなどの背中《せなか》にとまって、ダニやムシをつついて食べてくれる小さ

な鳥です。

なかでもウッキーは、カバテツのところにいつもきている、顔なじみです。

「あんたが旅に出たと聞いたから、おっかけてきたのさ。そしたらあんのじょう、このありさまだもの」

かってに道づれを買ってでたウッキーと、カバテツは旅をつづけます。

見えてきたのは、とげとげの岩です。

「よし。ここなら、カケションしてもいいだろう」

カバテツが、みじかいうしろ足を持

ちあげたときです。

「だめ、だめ、だめ！」

背中《せなか》のウッキーが、大あわてで飛《と》びおりてきました。

「アリづかじゃないの。シロアリたちのおしろなのよ」

「こわしちゃいけないの？」

「もちろん。こわしたら、あとがこわいから」

「そういえば、さわらぬアリにたたりなし、って」

「それをいうなら、さわらぬ神にたたりなし、だよ」

ウッキーが、いいなおします。

カバテツは、アリづかをよけながらあるきだしました。

すると、つぎにあらわれたのはまっ黒い道。長いじゅうたんみたいに、つづいています。

「なーんか、あやしい道だね。君子《くんし》危《あや》うきに近寄《ちかよ》らずだ」

「あやしいどころか、あぶない道だよ。クロアリのしゅうだんが、移動《いどう》しているのよ」

ウッキーが、カバテツにそう教えたとき、トビネズミがいっぴき、うしろ足で飛《と》びはねながら、アリの行列をよこぎろうとしました。

とたんに、アリたちがわれ先にと、トビネズミにおそいかかりました。小さなアリでも、なん百万も集まると、おそろしいことになるのです。

トビネズミは、黒いじゅうたんに押《お》しつぶされて、見えなくなりました。

「どうなっちゃうの？　あのトビネズミ」

カバテツが、たずねます。

「きっと、残《のこ》るのは白い骨《ほね》だけよ」

ウッキーが、こたえます。

「うわっ！　こわい、こわい」

「でしょう。いくら小さなものでも、
ばかにしてかかっては、
いけないってことなのよ」

「よーくわかったよ。

アリも積《つ》もれば川となるっていう、
ことわざの意味が」

「そうとも。**ちりも積《つ》もれば山となる**んだよ」

ことわざ案内・2

千里《せんり》の道も一歩《いっぽ》から

千里もある遠い道のりも、まず最初《さいしょ》の一歩から始まる。どんなに大変なことでも、ひとつずつ着実に努力《どりょく》を重ねていけば、きっと成功《せいこう》するよ。

やぶから棒《ぼう》

やぶの中から、とつぜん棒《ぼう》を出すように、前ぶれもなく、いきなりものごとをすることや、予想していなかったことがおこったりすること。

イヌも歩けば棒《ぼう》にあたる

何かをしようとすれば、災難《さいなん》にあうことも多い。

ぎゃくに、出歩けば、思わぬ幸運に出あうこともある。

そんな、両方の意味があることば。

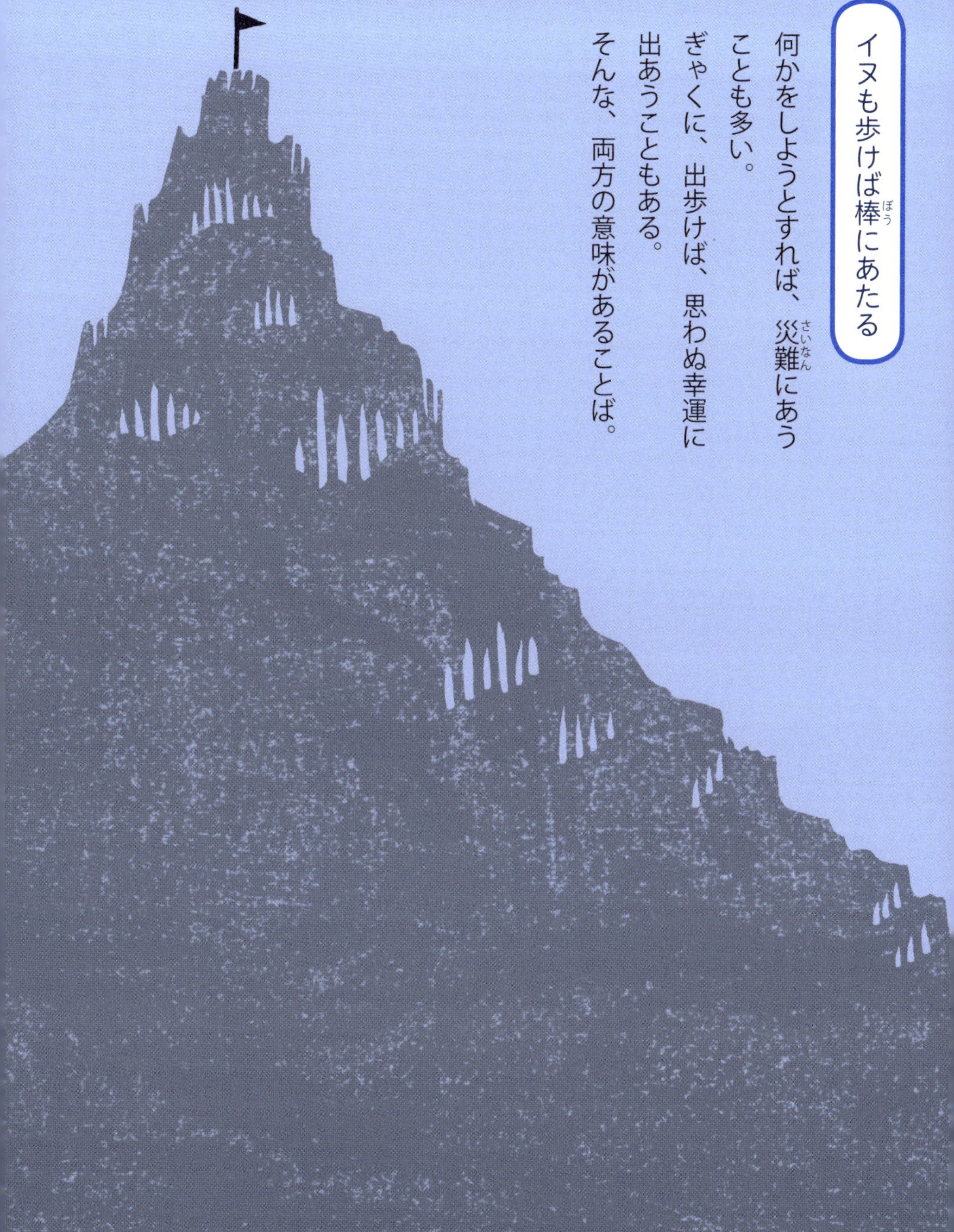

ことわざ案内・2

さわらぬ神にたたりなし

よけいなことにかかわらなければ、災《わざわ》いを受けることもない。関係ないものごとに、つい首をつっこんで、他人の騒動《そうどう》にまきこまれないようにしよう。

君子《くんし》危《あやう》きに近寄《ちかよ》らず

教養《きょうよう》があって徳《とく》がある者は、自分の行動をつつしむものだから、危険《きけん》なところには近づかないものだ。

ちりも積《つ》もれば山となる

ちりのようにごくわずかなものでも、積《つ》もり積《つ》もれば山のように大きくなる。
小さなことも、おろそかにしてはいけないということ。

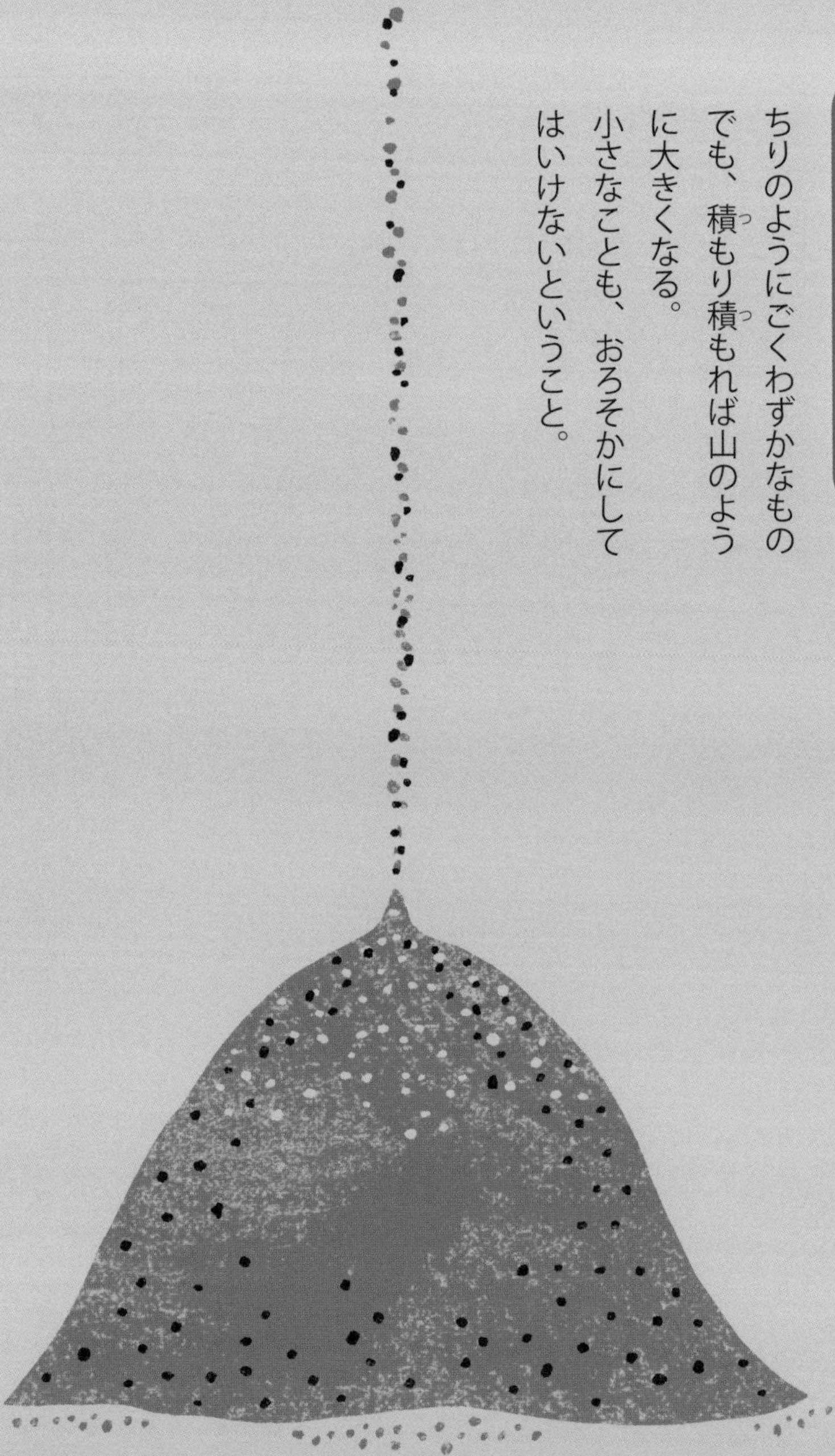

3
旅は鳥づれ世は目先《めさき》

「もうすこしで、アリたちのおやつになるところだったのよ、カバテツ。旅をするには、もっとりこうにならなくっちゃ」

ウシツツキのウッキーが、カバの男の子にいいます。

「ほんと、ほんと。旅は道づれ世は情《なさ》けだ。ウッキーがいっしょで、よかったよ」

「それって、わたしらは、旅は鳥づれ世は目先《めさき》っていうのよ」

「世は目先《めさき》？」

「そう。世の中に出ていくには、目先《めさき》をきかさなくっちゃ、ということ。目のいい鳥といっしょにね」

「そうか。ぼくもきみに習って、目のまえをしっかり見ていこう」

カバテツは、小さな目をせいいっぱい見ひらきました。

すると、もうれつな砂《すな》けむりがちかづいてきて、カバテツの目先をふさぎました。砂《すな》けむりの中から聞こえてくるのは、

「ヌー、ヌー」というなきごえです。

「気をつけて、カバテツ！　ヌーの大群《たいぐん》よ」

ヌーというのは、大きなウシの仲間《なかま》で、おいしい草をもとめて、群《む》れになって移動《いどう》するのです。

「この行列、いつまでつづくんだろう」

「ちょっと、しらべにいってくるよ」

ウッキーがいい、空にまいあがりました。

「まるで金魚のふんみたいに、ぞろぞろつながっているよ。このぶんじゃ、夜までつづきそうだ」

もどってきたウッキーが、いいます。

「いやだなあ。夜まで待つなんて」

さすがに気の長いカバの子も、心配になってきました。

「しかし、急がばまわれというからね。行列のうしろにまわるしかないんじゃないの」

「そうかもね。ぼくたちは、いそカバまわれっていうんだ。いそぐときカバは、遠まわりしたほうがいいんだって」

カバテツはそういい、行列のうしろにまわりかけました。

すると、しずしずすすんでいた長い行列が、きゅうにみだれだしたではありませんか。草むらにかくれていたライオンがおどりでて、ヌーの赤ちゃんをおそったのです。

ヌーの群《む》れが、地ひびきをたててはしりだしました。砂《すな》けむりにまかれて、ライオンもヌーも見えません。

ようやくさわぎがおさまると、ポツンとひとり、ヌーの子どもがとり残《のこ》されています。

「どうしたの？　お母さんはどこ？」

カバテツが聞いても、ヌーの子は、ヌーヌーとなくばかり。

「わたしが、この子のお母さんをさがしてくるから、先に行っていてよ」

ウッキーは、遠くの砂《すな》けむりめざして、飛《と》びたちました。

「いまこそ、テツガクするときだよね。ぼくは、ウッキーにたすけられた。だから、まいごのヌーをたすけるのは、ぼくのばん。同舟相《どうしゅうあい》すくうだよ。ね」

そこまでテツガクして、カバテツは、ヌーの子どもをつれてバオバブの丘《おか》をめざしました。

ことわざ案内・3

旅は道づれ世は情《なさ》け

旅をするときは、道づれがいると心強い。世の中をわたっていくにも、おたがいに思いやりをもって、なかよくやっていくことが大切だね。

金魚のふん

なかなかおしりからはなれずに、いつまでもくっついている金魚のふんみたいに、切れずにだらだらつながっていること。

急がばまわれ

急ぐからといって、なれない近道を通れば、道にまようなどして、かえっておそくなってしまうもの。多少の時間がかかる回り道であっても、本道を行くほうが、結局《けっきょく》は早く目的地《もくてき ち》に着くんだよ。

同舟相《どうしゅうあい》すくう

同じ舟に乗りあわせていれば、危険《きけん》がせまったときには、相手がだれでも、力を合わせてたすけあう。たとえ敵《てき》どうしでも、見ず知らずの者どうしでも、いざというときには協力《きょうりょく》するものなのだ。

4

三人寄《よ》れば、おしくらまんじゅうの知《ち》恵《え》

ようやく、バオバブの丘《おか》にたどりついたときには、木の上の空を、夕やけがまっ赤にそめていました。

「あ、そうだ。ここでマキフンをしなくっちゃ、なにしにきたかわからないぞ」

幸いにも、ほかの動物のにおいはありません。

「ラッキー。先《さき》んずれば人を制《せい》すだ」

カバテツは、みじかいしっぽをバチバチふって、バオバブのみきに、うんちをまきちらしました。

「自分の土地だっていう、しるしなんだ。つまりカバは、自分のふんをまきちらして、なわばりをつくるのさ」

カバテツが、ヌーの子に教えていると、ウッキーがもどってきました。

「お母さんはみつからないけど、まいごをあずかっていることは、つたえておいたよ。情《なさ》けは人のためならず。かわいそうな子に親切にすれば、あとできっといいことがあるよ」

ウッキーは、そういいました。

たちまち夜になり、あたりはまっ暗になりました。ぐんぐん空気も、ひえてきます。

カバテツとウッキーとヌーの子は、おしくらまんじゅうみたいに、ぴったりくっつきあって寝《ね》ました。

「三人寄《よ》ればおしくらまんじゅうの知恵《ちえ》ってね。ほら、あったかくなっただろう」

ウッキーは、ヌーの子をつばさの下にいれました。

「ふつうは、三人寄《よ》れば文殊《もんじゅ》の知恵《ちえ》だけど、おしくらまん

じゅうも楽しいね」

カバテツもそういって、そばのふたりをだきしめました。

朝になりました。

バオバブの木の下で、目をさましたカバテツは、あごがはずれるくらい口をあけて大あくび。カバの世界では、大きく口をあけられるカバほど、りっぱなのです。

「さて、これからどうする？

一日《いちにち》の計《けい》は朝にありなのよ」

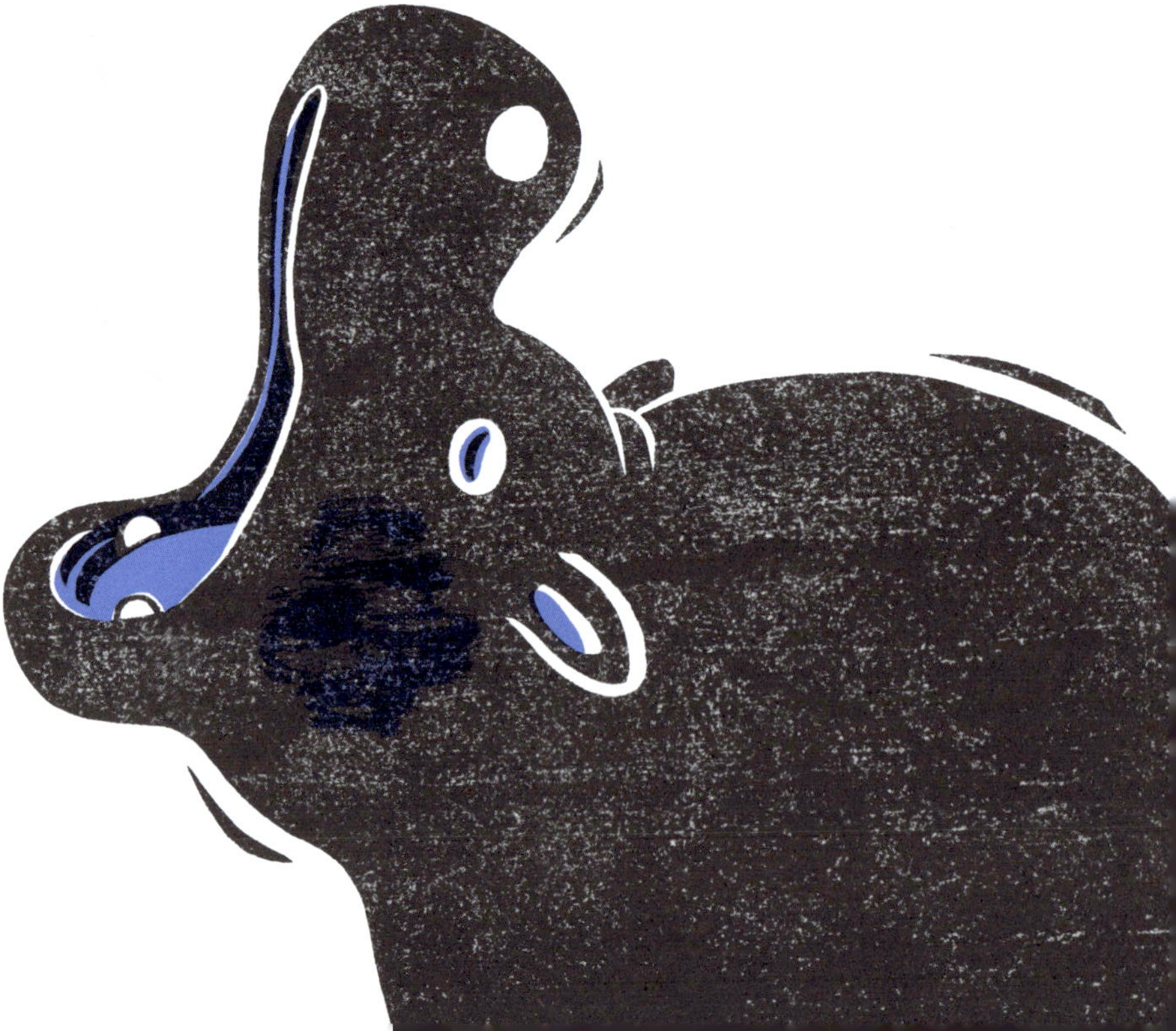

ウッキーが、カバテツにたずねました。

「マキフンも、ぶじにやりとげたことだし、まっすぐ帰るところだけど、この子をほったらかしにはできないしね」

そういいながらカバテツは、そばで寝《ね》ているヌーの子どもを指さしました。

カバテツは、ヌーの子どもをおこすと、バオバブの丘《おか》をあとにしました。すると、草原のむこうに見えてきたのは、ちゃいろの土ぼこり。

「あ、もしかしたら、ヌーの群《む》れかも」

ウッキーが、教えます。

「こっちに、やってくる。お母さんがいるかも」

ヌーの子どもが、よろこんでかけだしました。

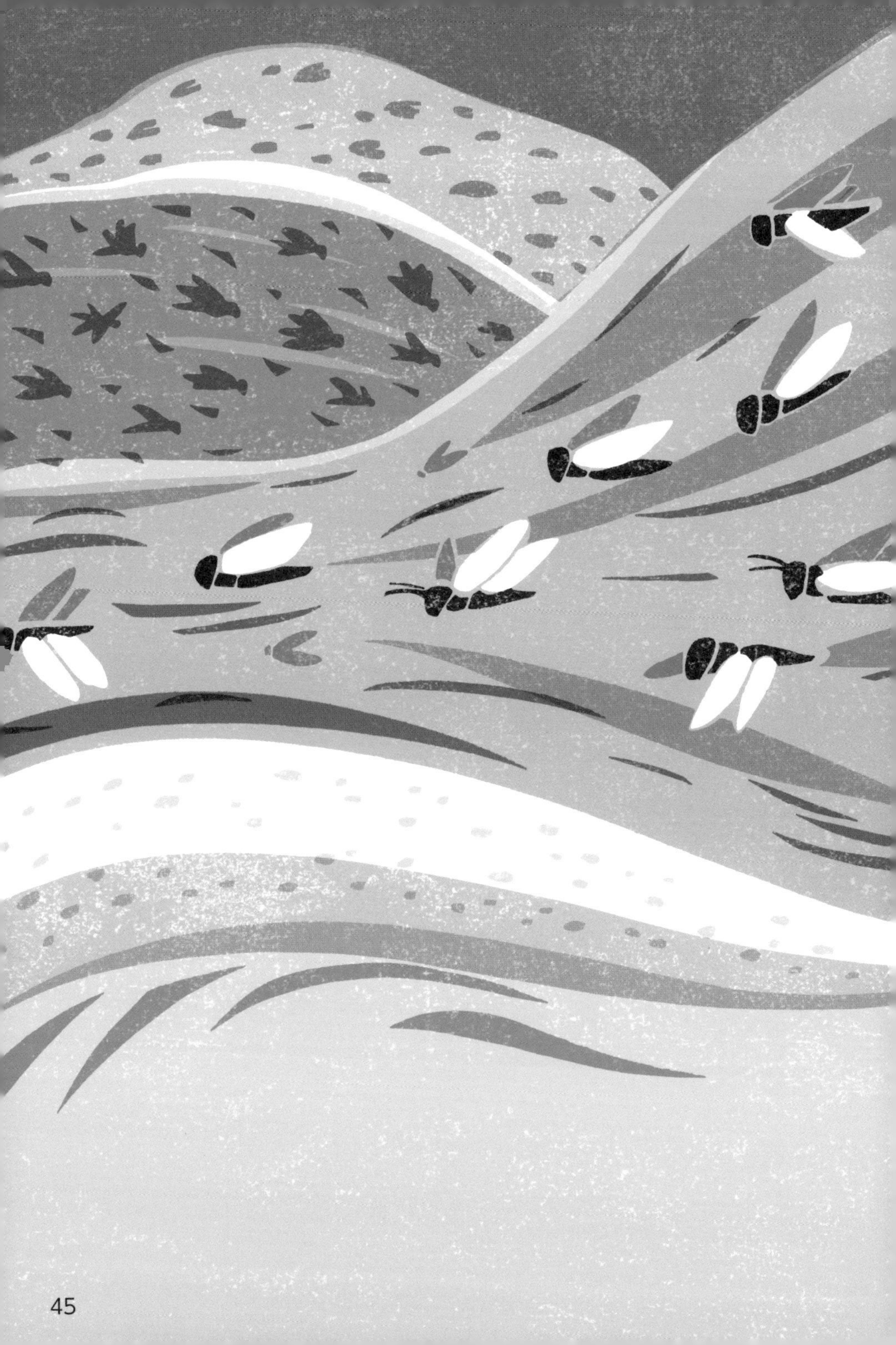

けれども、土ぼこりに見えたのは、ヌーの群《む》れではありません。てっぽう玉みたいに、ピシピシ顔にあたりはじめました。

「わっ、バッタの大群《たいぐん》なんだ！」

カバテツが、あっと、口をひらいたとたん、つぎからつぎへと、のどのおくまで飛《と》びこんできます。口をとじようにも、のどのおくまでバッタだらけ。開いた口がふさがらないとは、このことでしょうか。

ようやく、口からバッタをはきだしたカバテツが、いいます。

「もうすこしで、口がバッタづめになるところだった。いくらおっぱらっても、のれんにうで押《お》しだもの。やれやれ」

なんとか、向こうに行ってくれたバッタの大群《たいぐん》を見やりながら、カバテツは、ため息をつきました。

ところが、あきらめきれないヌーの子どもは、またヌーヌーとなきごえをあげはじめました。

「お母さんがきてくれたと、思ったのに」

「わかった、わかった。わたしがこれから、お母さんをさがしにいってあげるから」

そういってウシツツキは、もういちど空たかく飛《と》んでいきました。

ことわざ案内・4

先《さき》んずれば人を制《せい》す

「先《さき》んずる」とは、「先《さき》にする」という意味。先手《せんて》を取れば、相手をおさえることができるから、何かをするときは、人より先《さき》にやるのがいい。

情《なさ》けは人のためならず

情《なさ》けは人のためだけではなく、いずれめぐりめぐって自分に返ってくるもの。
だから、人には親切にしよう。

三人寄《よ》れば文殊《もんじゅ》の知恵《ちえ》

文殊《もんじゅ》とは、知恵《ちえ》をつかさどる仏《ほとけ》の、文殊菩薩《もんじゅぼさつ》のこと。
頭のよい人でなくても、三人集《あつ》まって相談《そうだん》すれば、何かよい知恵《ちえ》がうかぶものだ。

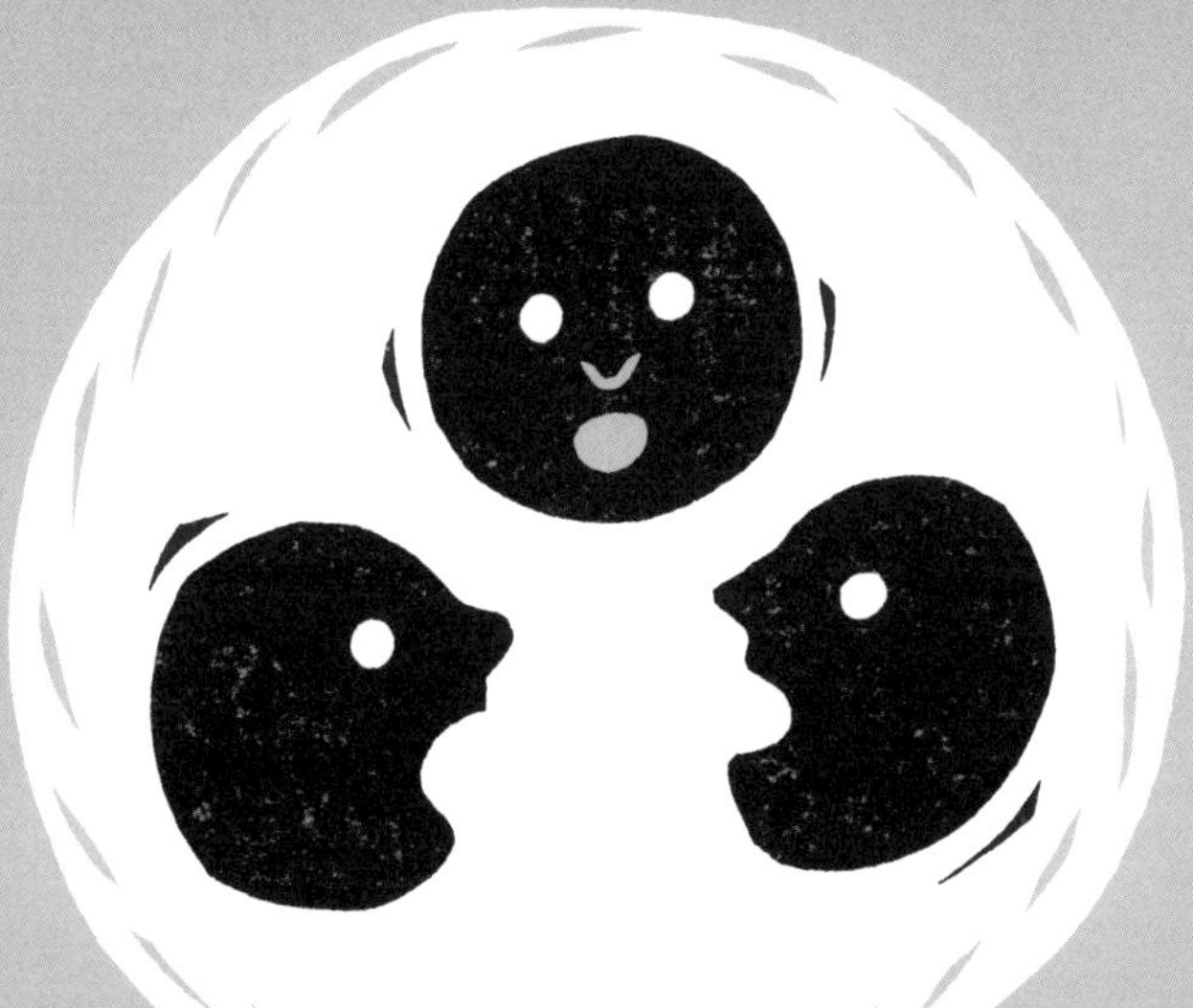

ことわざ案内・4

一日の計《けい》は朝にあり

物事は、最初《さいしょ》が肝心《かんじん》なので、一日の計画は、早朝のうちに立てよう。一年の計《けい》は元旦《がんたん》にあり、ということわざも同じような意味だよね。

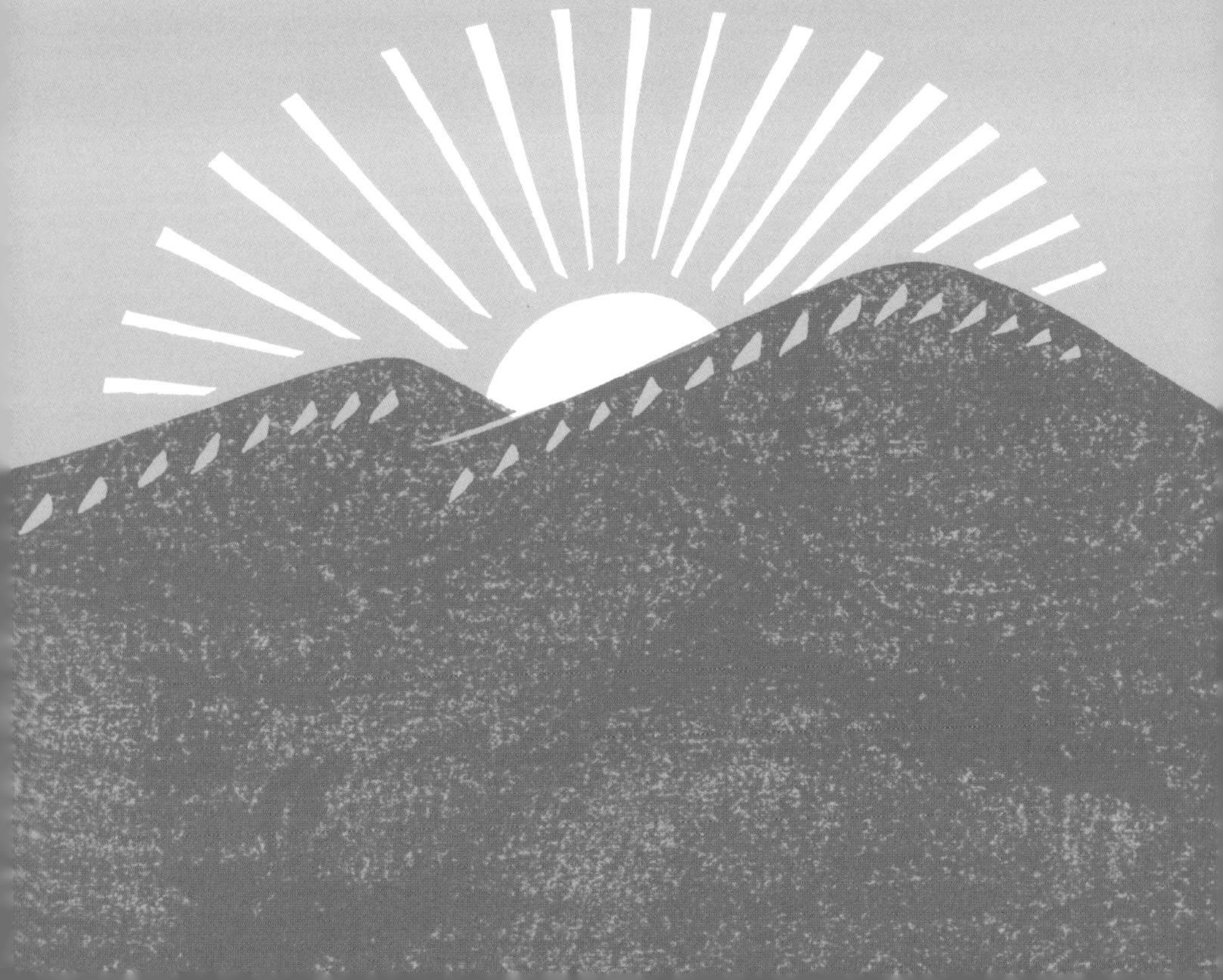

開いた口がふさがらない

あまりにもあきれると、ぽかんと口を開けたまま一言も言葉がでなくなってしまう。相手の行動や態度《たいど》に、あきれ返って、物が言えないようすのこと。

のれんにうでおし

どんなに力を入れてのれんをおしても、なんの手ごたえもないように、張《は》りあいのないようす。

5 カバにどろをぬる

アフリカの太陽がじりじりと、ヌーの子どもとカバテツにてりつけます。カバは、からだがかわくのはにがてです。

「あれ？　血が出てる」

ヌーの子が、カバテツの背中《せなか》を見ていいました。

「いや、汗《あせ》だよ。カバの汗《あせ》は赤いんだ」

「でも、いたそう」

「いたくはないけど、からだがかわいてひりひりする。少々の汗《あせ》じゃ、焼《や》け石に水だよ」

「うちのお母さんなら、水のあるところ知っているんだけど」

ヌーの子がいったとき、ウッキーが、もどってきました。

「むこうに川がある。たくさんのヌーが、じゅんばんでわたるのを待っているよ」

ものすごい数の、ヌーです。

川をわたりたいのですが、ワニが待ちぶせしているので、お母さんヌーや子どものヌーは、しりごみしているのです。

「この子のお母さんは、どこですか？」

ウッキーが聞くと、そばのヌーがこたえました。

「あ、もう、むこう岸に向かってるはずだ」

「ぼくは、ワニなんかこわくない。よし、ぼくの背中《せなか》に乗って、ふたりしてお母さんを見つけて」

カバテツの背中《せなか》にヌーの子どもが、その上にウッキーが乗りました。

ことわざどおり、負《お》うた子に教えられながら川をすすんでいると、とつぜん、ヌーの子どもがさけびました。

「あそこ、いた、いた！　お母さん」

カバテツに体当たりしてきたのは、さがしていたお母さん。

「おまえだね。この子をゆうかいしたのは！」

「ちがうよ、ちがうよ。このお兄ちゃんが、ここまでつれてきてくれたんだ」

ヌーの子どもがいうと、こんどはヌーのお母さんは、どろをいっぱいつけた手で、カバテツをバシバシたたきました。

「カバのお兄ちゃん、夜はおしくらまんじゅうをして、あたためてくれたんだ。いけないよ、恩《おん》をあだで返すなんて」

子どもが、お母さんをおし返します。

「ちがうの。これは感謝《かんしゃ》のしるし。カバにどろをぬるのは、ほんとうは皮ふをまもって、カバをよろこばすことだから。

ニンゲンのいう顔にどろをぬるとは、大ちがいなの」

お母さんはそういい、子どもの顔にも、どろをぬりました。

「わたしたちは、もっとおいしい草のあるところへ行くのよ。あんたたちも、こないかい？」

ヌーのお母さんが、カバテツとウッキーにいいました。

「いや。ぼくはそろそろ、うちに帰らなきゃ」

「ひとりで、だいじょうぶだよね？　わたしは、ヌーたちについていくけど」

ウッキーはそういい、カバテツのほうを見ました。

「でも、帰りの道しるべが……」

まいごのヌーに気をとられて、帰り道での目じるしのカケションを、忘《わす》れていたのです。

「だいじょうぶ。この川をずっとくだっていけば、カバの村に行きつくはずだ。案《あん》ずるより産《う》むがやすしだよ」

ウッキーがいいます。

ことわざ案内・5

焼《や》け石に水

焼《や》けて熱《あつ》くなった石に、少々の水をかけたところで、水は蒸発《じょうはつ》してしまって、石を冷ますことができない。わずかばかりの努力《どりょく》やたすけでは、あまり効果《こうか》がないということ。

負《お》うた子に教えられ

小さな子は一人で川をわたれないけれど、背中《せなか》に負《お》ぶった子は、上から浅瀬《あさせ》を見分けて教えることができる。ときには自分より経験《けいけん》の浅《あさ》い者に、物事を教わることもあるということ。三つ子に習って浅瀬《あさせ》をわたる。ともいう。

恩《おん》をあだで返す

恩《おん》を受けたなら、感謝《かんしゃ》しなければならないのに、それどころか、反対《はんたい》に害《がい》をあたえること。「あだ」とは、ひどい仕打《しう》ちや、うらみのこと。

顔にどろをぬる

ほかの人の誇《ほこ》りを傷《きず》つけたり、恥《はじ》をかかせたりするようなふるまい。

案《あん》ずるより産《う》むがやすし

赤ちゃんが生まれる前は、あれこれ心配《しんぱい》をするものだが、実際《じっさい》になってみると、案外《あんがい》たやすくすむものだ。あまり事前に思いなやまず、チャレンジしてみるのがいい。

6

笑《わら》うカバには福きたる

しかたなく、ひとりで帰りはじめたカバテツのからだを、川の水があらってくれます。流れにそってすすんでいくと、ごつごつの岩があらわれました。

「ワニの村を、だまってとおるとは、ずうずうしいやつ」

さあ、たいへん。ごつごつのワニたちが、とうせんぼしているのです。おちついて、おちついてと、自分にいいきかせながら、カバテツはたずねました。

「どうしたら、とおしてもらえるの？」

「おもしろいことしたら、とおしてやろう」

「おもしろいことって？」

「しっぽで、たいこを打つとか」

「カバは、たいこはとくいじゃない」

「やっぱり。カバってやつは、無芸《むげい》大食《たいしょく》なんだ」

「ちがうよ。ぼくだってできること、あるさ」

「なにができる？」

「口を大きくひらくとか」

「おもしろい。どっちが大きく開けられるか、しょうぶしよう」

いったかと思うと、目のまえのやつが、グワッと口を開けました。カバテツも負けずに、大口をひらきます。すると、

「待て待て。おれのほうが大きいぞ」
となりのワニが、乗りだしてきました。

自慢高慢《じまんこうまん》ばかのうちというけど、ワニたちはカバテツそっちのけで、口開け大会をはじめました。中には、がんばりすぎて、あごをはずしたワニもいます。

そのすきにカバテツは、そおっとその場をぬけだしました。

水の流れにさからわず、ゆっくり川をくだります。

「そうそう。浅い川も深くわたれ、だ」
ことわざの教えを守りながら注意深くすすんでいくと、
川がふたまたにわかれています。
どっちに行ったら、いいんだろう。二兎《にと》を追う者は一兎《いっと》を
も得《え》ず、というけど。考えていると、雨がふりだしました。
カバテツは、心をおちつけて、雨がやむのを待ちました。
雨があがると、川の右側《みぎがわ》はきれいな水、左側《ひだりがわ》はにごった水
と、流れがわかれています。
「わかったぞ。ぼくたちのところは、雨がふってもふらなく
ても、水はいつもにごっていた！」
カバテツは元気よく、にごっている川をすすみます。
空に、大きなにじがかかりました。

にじの下に、ぽかりぽかりと丸い岩が見えています。ちかづくと、うれしいお母さんのにおいがしました。

「帰ってきたよ、ぼくだよ！」

むちゅうで、はしりだしました。

丸い岩が、お母さんとお父さんになりました。そばの小さいのは、カバヨです。

「カケション、忘《わす》れなかったよ。バオバブの木に、きちんとマキフンもしたよ。まいごのヌーも、たすけてやったよ」

近所じゅうのカバが集まって、カバテツのみやげ話を聞いています。故郷《こきょう》へ錦《にしき》を飾《かざ》るとは、こんな気分でしょう。

「ずいぶん、りっぱなカバになったね」

お母さんが、口を開けて笑《わら》いました。

「そうそう。ぼく、ワニと口のひらきっこしたんだよ」

「それで、勝ったのかい、負けたのかい？」

お父さんが、たずねました。

「ワニったら、無理《むり》しすぎて、あごがはずれちゃったんだ！」

「はずれたって。そいつは、けっさくだ！」

お父さんも、のどちんこまるだしで、バカ笑《わら》い、いやカバ笑《わら》いです。

「ほんと。笑《わら》うカバには福きたるって、うちのことだね。笑《わら》う門《かど》には福きたる、ともいうけれど」

カバテツもそういって、お父さんに負けず大口をあけて、おもいっきり笑《わら》いました。

ことわざ案内・6

無《む》芸《げい》大《たい》食《しょく》

特技《とくぎ》や、とりえが、ないにもかかわらず、食べることだけは人なみ以上《いじょう》なこと。

自慢《じまん》高慢《こうまん》ばかのうち

うぬぼれて自慢《じまん》したり、えらそうにしている人は、おろかものの仲間《なかま》なのだ。

浅い川も深くわたれ

浅い川をわたるときも、深い川をわたるときと同じように、注意してわたるようにしよう。

何事にも用心深く、油断《ゆだん》をしないこと。

二兎《にと》を追う者は一兎《いっと》をも得《え》ず

二羽《にわ》の兎《うさぎ》を同時につかまえようとする者は、結局《けっきょく》は一羽《いちわ》もつかまえられない。欲《よく》を出して同時に二つのことをうまくやろうとすると、どちらも失敗《しっぱい》するよ。

故郷《こきょう》へ錦《にしき》を飾《かざ》る

「錦《にしき》」とは、金銀の糸を織《お》りこんだ豪華《ごうか》な絹《きぬ》の布。故郷《こきょう》をはなれていた人が、出世して、はなやかに帰郷《ききょう》すること。

笑《わら》う門《かど》には福きたる

いつも笑《わら》いが絶《た》えない家庭には、幸運が訪《おとず》れるということ。笑門来福《しょうもんらいふく》、笑門福来《しょうもんらいふく》という、四字熟語《よじじゅくご》もある。

カバテツのことわざ研究

ことわざは　旅の道づれ

この本にのっていることわざを、あいうえお順にならべました。
ことわざの横にある数字は、何ページにのっているかをしめします。

あ

作者

山下明生　（やました はるお）

1937年東京都生まれ。瀬戸内海で幼少年期を送る。京都大学仏文科卒業。海育ちの海好きで、海を舞台にした作品が多い。『海のしろうま』（理論社）で野間児童文芸賞、『はんぶんちょうだい』（小学館）で小学館文学賞、『まつげの海のひこうせん』（偕成社）で絵本にっぽん賞、『カモメの家』（理論社）で路傍の石文学賞を受賞。
ほかに「山下明生・童話の島じま」シリーズ（全5巻／あかね書房）など。絵本の翻訳に「バーバパパ」シリーズ（講談社）、「カロリーヌ」シリーズ（BL出版）などがある。

画家

小山友子　（こやま ともこ）

1973年神奈川県生まれ。グラフィックデザイナーとして活動後、イラストレーターに。2010年、ボローニャ国際絵本原画展入選。
絵本に『かちかちやま』（山下明生・文／あかね書房）『ど「どあい」の「ど」をみつけよう！』（いざわかつあき・作／白泉社）など。紙芝居に『ロールパンのろうるさん』（教育画劇）などの作品がある。

このお話は、2014年に毎日小学生新聞に連載された『カバのテツガク』を加筆・修正したものです。

カバテツのことわざ研究

3・ことわざは　旅の道づれ

2018年3月20日　初版発行

作者　山下明生
画家　小山友子

発行者　岡本光晴
発行所　株式会社 あかね書房
〒101-0065　東京都千代田区西神田 3-2-1
電話　03-3263-0641（営業）　03-3263-0644（編集）
https://www.akaneshobo.co.jp

印刷所　株式会社　精興社
製本所　株式会社　ブックアート

ISBN978-4-251-01057-5 C8393　NDC814　79ページ　21㎝

ことわざは、知恵《ちえ》のオアシス！
たいせつなことが、たくさんつまっています。

カバテツのことわざ研究

山下明生・作　　小山友子・絵

1　天気よほうは　ことわざで

2　よく学べ　楽しいことわざ

3　ことわざは　旅の道づれ